Roland Breitenbach

Lasst uns die Welt mit unseren Herzen sehen

ROLAND BREITENBACH

Lasst uns die Welt mit unseren Herzen sehen

40 Weisheitsgeschichten

benno

Bibliografische Information der
Deutschen Nationalbibliothek
Die Deutsche Nationalbibliothek verzeichnet diese
Publikation in der Deutschen Nationalbibliografie;
detaillierte bibliografische Informationen sind im Internet
über http://dnb.d-nb.de abrufbar.

ISBN 978-3-7462-5417-3

Umschlaggestaltung: Rungwerth Design, Düsseldorf
Umschlagabbildung: © mythja/Fotolia
Gesamtherstellung: Kontext, Lemsel (A)

Gott braucht
keine Kirchen,
Moscheen und Kathedralen.
Er will in dir,
in deinem Herzen, wohnen.
Geh in dich,
du findest, was du suchst.

Hinführung

Die Lehre der Berge

Jeder ist anders als der andere, es gibt ein Recht, anders zu sein.

Ein Weisheitslehrer lebte am Rande eines kleinen Bergdorfs in einer bescheidenen Hütte. Er fand bei den Bewohnern wie bei Suchenden aus der ganzen Umgebung großen Zuspruch, auch weil er zu einem Einzelgespräch bereit war und manchen guten Rat geben konnte. Lieber war ihm allerdings die Runde von Frauen und Männern, die sich am frühen Abend vor seiner Behausung versammelte. Ihnen gab er einen wichtigen Spruch wie diesen: „Weisheiten wollen den Tag über bedacht und gelebt werden und in einen leichten Schlaf helfen. Wer so weise schläft, gibt dem kommenden Tag Zuversicht und Stärke."
Dann erzählte er eine kleine Geschichte. Sie sollte das Leben im Alltag begleiten und die Begegnungen aller Art freundschaftlich gestalten.

„Weisheit zieht in das Herz ein, die Erkenntnis belastet den Kopf. Der Mensch, der die Weisheit gefunden hat, ist glücklich und zufrieden. – Gestern kam ein Bergsteiger zu mir. Als er mich sah, ging er auf mich zu und sagte: ‚Über drei Stunden habe ich auf dem mühsamen Steig bis nach oben gebraucht. Als ich endlich auf dem Gipfel stand, blickte ich weithin über die Berge, aber ich war einsam und allein. Ich hatte nicht einmal ein gutes Gefühl, dass ich das alles geschafft hatte. Hoch oben am blauen Himmel sah ich einen Adler, der seine Kreise zog. Ich setzte mich auf einen Felsen und trug mich in das Gipfelbuch ein. Es waren schon sehr viele hier auf dem Berg gewesen. Ich war so richtig stolz auf mich. Doch beim Abstieg bis hierher frage ich mich: Wozu das alles?‘ Ich beruhigte ihn und sagte: ‚Wunderschön. Sie haben jetzt neunmal ‚ich‘ gesagt. Also haben Sie sich dort oben gefunden.‘“
Der Weise entließ seine Gäste aus dem Dorf indem er sagte:
„Wer sein Möglichstes tut, schafft nicht nur das Notwendige, sondern sogar das Unmögliche.“

Die Suche nach Gott

Manche suchen Gott in weiten Fernen,
weit hinter dem Himmel und seinen zahlreichen Sternen.
(Konfuzius)

Viele vergessen, dass ihnen bei ihrer Geburt eine Landkarte mitgegeben wurde, die vor allem unsere Erde zeigt. So sollten wir nicht vergessen, dass der Himmel längst auf die Erde kam, als unsere Erde den Himmel für alle Suchenden annahm. Es liegt einem jeden am Herzen oder in der Hand, den Himmel auf Erden durch sein Tun und Lassen zu finden. Für uns, die wir Christen sind, gilt: Wir folgen den Spuren, die Jesus Christus gegeben, sie hinterlassen uns Zeichen zum Himmel zum ewigen Leben.

Die Erde hat uns geträumt, deswegen sollten wir
von diesem Traum etwas im Herzen haben.

Himmel und Hölle

Ein Kind lebt in der Nachbarschaft des Wunders,
das ist für es der Himmel.

Ein gewalttätiger Mann drang in die Zelle eines Mönchs ein, bedrohte den Betenden mit einem Schwert in der Hand: „Erkläre mir schnellstens, was Himmel und Hölle sind", forderte er. Der Mönch darauf: „Ich werde mich hüten, einen bösen und stinkenden Menschen zu belehren." Der Mann nahm sein Schwert, hob es empor, so als wolle er den Mönch damit erstechen. Gelassen sagte der Mönch: „Siehst du, das ist jetzt die Hölle!" Der Gewalttätige staunte. Da riskierte einer sein Leben, um ihm so die Hölle zu erklären. Er senkte das Schwert und nahm es unter den Arm. Der Mönch lächelte und sagte: „Das jetzt ist schon Himmel."

Der letzte Strohhalm kann dem Kamel den Rücken brechen.

Verschwender

Gott hat uns die Begabung geschenkt,
er will nicht, dass wir sie verschwenden.

Einem jungen Mann, der an Stelle seines verstorbenen Vaters König geworden war, warfen von Anfang an nicht nur Beamte am Hof vor, er sei ein Verschwender, weil er nicht nur Bedürftige um das Schloss herum, sondern im ganzen Land hilfreich unterstützte. Da der junge König die meisten, die ihm Übles nachredeten, kannte, lud er sie zu einem Festmahl ein. Voller Neugierde versammelten sie sich im großen Festsaal und füllten ihn bis auf den letzten Platz. Das Essen wurde gleich aufgetragen und verteilt. Schon gleich sahen sich die Gäste verwundert an: Da fehlte doch was! Was ihnen serviert worden war, wollte nicht schmecken. Der Gastgeber erhob sich und sagte. „Ich habe in der Küche Weisung gegeben, kein Salz an Sie alle zu verschwenden. Damit wollte ich zeigen, wenn Verschwendung hilfreich ist, schmeckt sie immer gut."

Wer Verschwendung beklagt,
anderen solche Dummheiten nachredet,
darf nicht zulassen, dass die Früchte der Erde verderben.

ICH und DU

*Am menschlichsten und verwundbarsten sind wir,
wenn wir Liebe schenken.*

Eine Frau, die in einem kleinen Dorf wohnte, ärgerte sich sehr, dass die Leute in der nahen Stadt über alles in der Region bestimmen wollten oder konnten. Dagegen wollte sie einmal protestieren. Sie machte ein Plakat, um es den Leuten in der Stadt deutlich zu sagen, was ihr nicht passte. Sie schrieb auf das große Plakat ICH!, vergaß aber im Demonstrationseifer, darunter zu schreiben, wogegen sie war.
Als sie mit dem Plakat und dem einzigen Wort ICH auf einer hohen Stange durch die Straßen ging, kamen ihr Leute entgegen, die sie freundlich anlächelten, auf das Plakat zeigten und jeweils DU sagten. Nach einer knappen Stunde legte sie die Stange mit dem Plakat auf die Straße und sagte sich: „So schlimm sind die Leute hier gar nicht, ein jeder hat mich gegrüßt und freundschaftlich DU gesagt."

*Wer „ich" sagen kann, meint immer auch das Du,
sonst bleibt er allein. Ein Wir kann dann werden.*

Im Frieden mit sich

*Weisheiten wollen bedacht,
vor allem gelebt werden.*

Ein Mann, der nicht mehr ein noch aus wusste und mit sich höchst unzufrieden war, hörte von einem Weisen in der Wüste am Rande des Sinaigebirges, der treffende und heilsame Worte geben könne. Ein Beduine zeigte ihm den Weg: Dort, wo ein großer roter Steinblock wie ein Zeigefinger in den Himmel rage, habe der Weise sein Zelt aufgeschlagen. Nach stundenlangem Weg fand der Mann den Weisen, der im Sand vor seinem Zelt saß. Als der den Ankommenden sah, erhob er sich und holte aus seiner Unterkunft zwei Gläser mit Tee und reichte sie nach altem Brauch dem Gast. Der nahm die Gläser und schaute verwundert, weil es zwei waren. Darauf der Weise: „Du bist mit dir angekommen, also zwei! Achte immer darauf, wohin du auch gehst, was du auch tust, dass du dich mitnimmst.“ Der Mann trank den Tee aus und sagte: „Danke! Der Friede sei mit dir, wie er jetzt seinen Platz bei mir gefunden hat.“

***Die Weisheit erzählt Geschichten vom Leben,
die der Verstand nicht kennt, drum träume die Weisheit.***

Licht gegen Dunkelheit

*Wer Licht sein will,
darf nicht ständig auf seine Schattenseiten sehen.*

Der Enkel saß auf dem Schoß seines Großvaters. Nach geraumer Zeit fragte dieser: „Peter, woran denkst du gerade?“ Der Junge antwortete: „Wenn ich erst einmal groß bin …!“ Darauf der Großvater: „Auch das Kleine kann groß und wichtig sein. Bedenke: Selbst die größte Dunkelheit ist chancenlos gegenüber einem kleinen Licht!“ – „Ach deswegen leuchten in der Nacht die Sterne am Himmel, um die Dunkelheit zu überwinden, damit ich keine Angst haben muss“, sagte der Enkel. „Heute Nacht schauen wir miteinander die Sterne am Himmel an“, versprach der Großvater, „und wir suchen uns den aus, der uns besonders gefällt. Das ist dann unser Stern, er lacht uns jede Nacht an und wir freuen uns.“

*Wenn du Mitgefühl zeigst, bist du wie ein Licht in der Nacht:
Ein Stück Himmel auf Erden.*

Seligkeit und Glück

Der Sinn für das Wunderbare und Schöne um uns ist die Hauptquelle des Glücks.

Der Abt legte im Kreis der Mönche die Seligpreisungen Jesu im Evangelium aus. Die Finger seiner beiden Hände brauchte er, um alle wichtigen Punkte vorzustellen, die zum Selig- und Glücklichsein die Voraussetzung sind. Einer der Mönche fragte: „Was bleibt dann für uns, wenn wir das alles erst erfüllen sollen, um selig zu werden?" Darauf der Abt: „Mit der Flamme einer Kerze können Hunderte Kerzen angezündet werden, ohne dass ihr Licht schwächer wird." Er beendete seinen Gedanken: „Freude und Glück, Liebe und Freundschaft nehmen nicht ab, wenn man sie verschenkt!"

Das Leben besteht im Hineinwachsen in die Kunst des Verlierens, dann sind wir auf der Seite des Gewinners.

Irrweg

Die Freiheit des Menschen besteht vor allem darin,
dass er nicht tun muss, was er nicht will.

Der junge Mann klagte: „Ich habe das Paradies in den Armen schöner Frauen gesucht und habe es nicht gefunden. Dann habe ich nach dem Sinn des Lebens gefragt, aber keine Antwort bekommen."
Da hörte er eine Stimme: „Weil du nicht mit dem Herzen gesucht hast. Du kannst das Wesentliche nicht finden, wenn du nicht mit deinem Herzen suchst. Der Verstand allein führt auf einen Irrweg. Sei künftig offen in der Bereitschaft, auch das Unmögliche zuzulassen. Hier hat der Glaube seine Wurzeln."

Nimm Notiz von jenem heiligen Bereich,
der alle Menschen umgibt,
dann wird vieles zum Himmel.

In Gottes Hand

Was wir nötig haben,
ist die Gelassenheit der Seele.

Ein Dachdecker rutschte auf dem steilen Kirchendach aus. Der Pfarrer, der dies von seinem Haus aus bemerkte, rief ihm zu: „Halten Sie sich an der Hand Gottes fest!" Der Dachdecker rief im weiteren Fall zurück: „Ihre Hand wäre mir lieber!"
Er rutschte weiter und kurz vor dem Ende des Kirchendachs murmelte er: „Na, dann eben doch die Hand Gottes!" Damit fiel er ganz hinunter auf ein Fuhrwerk, das voll mit Heu beladen war.

Vorsehung ist ein anderer Name
für die Güte und die Hilfe Gottes.

Zeichen der Hoffnung

Vieles kann entstehen aus der Geduld
und der Fähigkeit zu hoffen.

Eine schwerkranke Frau lag im Krankenhaus, sie rechnete mit ihrem baldigen Tod. Aus dem Fenster ihres Zimmers sah sie an der Hauswand gegenüber einen großen Baum. In voller Herbstpracht zeigte er seine roten Blätter, die er nach und nach verlor. Als in der Nacht ein Sturm ausbrach, hingen fast keine Blätter mehr an dem Baum. Die Frau sagte zu ihrem Mann: „Wenn das letzte Blatt gefallen ist, werde ich sterben." Jeden Morgen betrachtete sie erwartungsvoll den Baum und das einzige Blatt, das dem Regen und dem Wind getrotzt hatte. Sie widerstand ihrer Krankheit mit jedem Blick, der ihr ein gutes Gefühl brachte. Als sie zur Überraschung ihrer Ärzte fast wieder gesund geworden war und bald aus dem Krankenhaus entlassen werden konnte, erzählte ihr eine Krankenschwester voller Freude in den Augen, dass ihr Mann ein Blatt an die Wand gegenüber hinter dem Baum gemalt hatte. Mit diesem Blatt konnte ein neues, gemeinsames Leben beginnen, so wie es Gott durch die Hand ihres Mannes wollte.

Es ist höchst unwahrscheinlich,
dass ein buntes, vielfältiges Leben so einfach über die Klippe kippt.

Der Dreiklang
Glaube
Hoffnung
Liebe –
eine schöne Melodie.
Lass sie in deinem Leben erklingen!

Ein Wunder

Wer immer das Universum erträumte, liebte die Kreisform: Das Gute sollte sich wiederholen.

Ein Mönch kam zu seinem Abt und jammerte ohne Unterlass über dies und das, wegen diesem und jenem. Eine Zeitlang hörte der Abt zu. Als der Mönch nicht mit seinen Klagen aufhörte, sagte der Abt: „Ich weiß schon, es müsste wieder ein Wunder geschehen!" Dazu der Mönch: „So lange möchte ich nicht warten!" Der Abt erhob sich und schaute durch sein kleines Fenster in den großen Kirchenraum. „Siehst du dort die vielen Kerzen am Altar? Wunder geschehen alle Tage. Wir müssen sie nur sehen wollen!" Und er fügte hinzu: „Geben statt Nehmen macht uns groß und zufrieden, das sollten wir jedes Mal bedenken, wenn wir eine Kerze entzünden."

Weisheit ist es zu tun, was wir schon gestern hätten tun sollen. Weit besser, wir hätten es schon vorgestern getan.

Ein Platz im Himmel

So lange wir hier auf Erden sind,
verliert unsere Seele nicht die Verbindung zum Ewigen.

Ein bekannter Spottvogel war zum Geburtstag des Pfarrers an dessen Tisch eingeladen. Am Ende des Gastmahls sagte er über den Tisch hinweg zum Jubilar: „In der Kirche kostet doch alles Geld, jedenfalls ist die Gebührentafel sehr umfangreich. Sogar jedes Gebet muss bezahlt werden. Ich biete Ihnen einen Platz im Himmel für tausend Euro an." Darauf der Pfarrer sichtlich unangenehm berührt: „Können Sie mir nachweisen, dass Sie einen Platz im Himmel haben? Wenn Sie ihn mir in diesem Fall verkaufen wollen, zahle ich jede Summe dafür." Der Gast erhob sich: „Na ja, dann lassen wir es. Sie werden es noch bereuen!" Mit diesen Worten ging er.

Wir alle sind Akteure des gleichen Films,
das Drehbuch dazu und wie er ausgeht, hat noch keiner gesehen.

Schlüssel zum Himmel

Die Religion leidet vielfach unter Gedächtnisverlust
und vergisst deswegen das Lachen Gottes.
Seine Türen sind immer offen.

Der Gottesdienstbesucher stellte sich dem Prediger entgegen. „Wenn ich das All um mich und den Himmel über mir betrachte, dann müssen die Türen Gottes, von denen Sie gesprochen haben, groß und gewaltig sein. Was ist, wenn sie zugeschlagen sind?" Der Prediger gab zu bedenken: „Selbst das größte und schwerste Tor kann mit einem kleinen Schlüssel, wenn er passt, geöffnet werden. Den passenden Schlüssel hat Ihnen Gott in die Hand gegeben, es ist die Liebe: Sie öffnet alles."

Gott ist von den Menschen nicht weiter entfernt als ein Gebet.
Es eröffnet den Zugang zum Unbekannten und Wunderbaren.

Das Abbild Gottes

Wer meint, Gott stelle sich ihm schon wieder in den Weg, bedenke, dass er dadurch den richtigen Weg zeigen kann.

Die kleine Ortschaft am Rande eines großen Gebirges beherbergte ein Heiligtum. Es ging die Geschichte um, hinter dem großen schwarzen Schleier an der Rückseite des Tempels sei das Bild Gottes verborgen. Wer den Schleier lüfte, müsse sofort sterben. Ein junger Mann des Ortes war von großer Sehnsucht geplagt, hinter den Schleier zu sehen, auch wenn er deswegen sterben müsse. Heimlich ging er an einem frühen Morgen in den Tempel und sah hinter den Schleier. Was sah er, war nicht etwa Gott. Er erblickte sich selbst, denn er war ein Teil des Göttlichen. Er lebte noch lange und konnte Kindern und Enkeln erzählen, dass sie alle Kinder Gottes seien.

Unsere Kraft kommt von innen, von dort, wo auch Gott seinen Platz hat. Diesen Glauben kann dir niemand nehmen.

Es wird Friede sein

Wer lange genug in den Spiegel der Liebe schaut,
wird die Nächstenliebe entdecken.

Das Dorf war am Rand des Gebirges gebaut worden, gewaltige Felsen ragten auf der einen Seite fast bis in die kleine Siedlung hinein. Fast wie ein Mahnmal zeigt sich am Ende des Dorfes ein Granitfelsen, in den Wind und Regen das Gesicht eines friedvollen Menschen gezeichnet hatten. In der seit Generationen zerstrittenen Siedlung ging die Sage um, wenn das Gesicht eines Mitbewohners dem Felsengesicht ähnlich sei, werde es endlich Frieden bei allem Streit geben. Ein junger Mann, der an jedem Morgen aus dem Dorfbrunnen Wasser für die Familie holte, blickt jedes Mal zu dem Gesicht auf. Dabei überkam ihm ein warmes, wohliges Gefühl. Er bemerkte nicht, dass sich offenbar dadurch sein Gesicht veränderte. Schließlich sagten die Leute, sein Gesicht gleiche dem auf dem Felsen. Sie versammelten sich um den jungen Mann am Brunnen, fassten sich rundum an den Händen und gelobten den Frieden mit allen.

Im Gesicht eines jeden Menschen zeigt sich Gott,
der Mensch kann göttlich sein,
ohne seine Mitmenschlichkeit zu verlieren.

Besser zu zweit als allein

Wir wurden erschaffen,
um anderen Mensch zu sein.

Ein älterer Mann verirrte sich in einem großen Wald. Wohin er sich auch in wachsender Verzweiflung wendete, nach rechts oder links, nach vorn oder nach hinten, die Bäume schienen ihm alle im Weg zu stehen, er fand keinen Ausweg. Endlich begegnete er einem anderen Wanderer, der vermutlich um einige Jahre jünger als er war. Erleichtert fragte er ihn nach dem Weg aus dem Wald. Der sagte: „Den Weg weiß ich auch nicht, ich bin selber auf der Suche. Kommen Sie, wenn wir miteinander gehen, werden wir ihn bestimmt finden." Kaum gesagt, zeigte sich eine Lichtung, und bald fanden die beiden aus dem Wald hinaus.

Die Kreisform, die nicht in die Irre führen kann,
findet sich in der ganzen Schöpfung wieder.

Zeichen des Mitgefühls

Ein wirklich Armer ist der, der alles schon hat.
Ihm kann nichts mehr gegeben werden.

Ein Obdachloser, bettelarm und halb verhungert, sah am Ende des Stadtparks einen fast mannshohen rot gestrichenen Hydranten. Spontan ging er auf ihn zu, umarmte ihn und bettelte ihn an. Ein Spaziergänger, der vorüberging, wollte sein Mitgefühl zeigen und überreichte dem Obdachlosen über den Wasserspender hinweg fünf Euro. Statt des erwarteten Dankeschöns musste er hören: „Noch vor ein paar Minuten hat mir der Hydrant das Doppelte gegeben." Darauf der Spender: „Wenn das so ist, dann können wir uns morgen an dieser Stelle um die gleiche Zeit wiedersehen. Bis dahin ist bestimmt etwas mehr in meinem Geldbeutel."

In unserem Herzen bleibt immer ein Winkel,
seine Versprechen zu halten.

Sich finden

Höre nicht auf, an das Wunderbare zu glauben,
das wir schon morgen vollbringen können!

In einer Straße der kleinen Stadt war eine Frau als besonders hilfreich bekannt. Sie kaufte für eine alte Frau ein, half einem Blinden über die Straße, passte auf die Kinder auf dem Spielplatz auf, tröstete eine Mutter wegen der schweren Erkrankung ihres Sohnes. Eine Tages sah sie, dass ein Behinderter in seinem Rollstuhl auf der Gefällstrecke dieser Straße nicht mehr bremsen konnte. Beherzt sprang sie vor den Rollstuhl, um das Gefährt zu stoppen. Dabei geriet sie unter die Räder. Als Nachbarn die Verletzte aufrichteten, sagten sie vorwurfsvoll: „Das haben Sie jetzt von Ihrer ständigen Hilfsbereitschaft. Muss das denn immer sein?“ Unter Schmerzen antwortete die Frau: „Im anderen entdecke ich mich selbst.“

Wo kein Licht mehr in die Seele fällt,
verblasst die Schönheit des Lebens.

Perfekte Gemeinde

Auch Dinge, die uns fast vernichtet haben,
wollen uns etwas sagen.

Eine Gemeinde hatte einen neuen, ziemlich jungen Pfarrer bekommen. Er wollte, wie es die Kirche vorgab, eine heilige, untadlige Gemeinde durchsetzen. Er befestigte an der Kirchentür für alle lesbar eine Liste. Darauf waren alle verzeichnet, die als schwere Sünder nicht willkommen waren: Unverheiratet Zusammenlebende, Geschiedene, Homosexuelle, solche, die die Osterbeichte nicht eingehalten hatten, im Übrigen alle, die nicht jeden der zwölf Sätze des Glaubensbekenntnisses unterschreiben konnten oder wollten. Dann noch solche, die nicht bereit waren, die Kommunion kniend oder in den Mund zu empfangen. Als der Vorgang der Reinigung nach einigen Wochen zur völligen Zufriedenheit des Pfarrers vollzogen war, feierte er die Messe allein.

Die Kreativität ist Gottes höchste Leidenschaft,
man kann sie missachten und sich selbst verachten.

Die Lehre der Bäume

Die Natur ist die Erstgeborene der Schöpfung, es gilt, achtsam mit ihr umzugehen.

Eine Gruppe von suchenden Menschen wurde von einem Mönch zu einem spirituellen Spaziergang durch den Wald eingeladen. Sie sahen viele, auch große Bäume unterschiedlicher Arten und bewunderten sie. Am Ende des Weges fragte der Mönch: „Was haben euch die Bäume, die zum Teil über 200 Jahre alt sind, gelehrt?“ Sie antworteten einer nach dem anderen: „Die Natur ist schön, wie ein großes Geschenk.“ – „Gott ist groß, er hat alles geschaffen.“ – „Ich fühlte mich sicher und auf einmal wie geborgen.“ – „Es war ein Weg, fast wie durch das Paradies. So viele Wunder auf einmal habe ich noch nie gesehen.“ – „Die Kraft der Bäume gibt Mut und Zuversicht.“ Der Mönch zeigte sich mit alledem nicht zufrieden. Am Waldrand pflückte er vor den Augen aller ein Blatt vom Baum und sagte: „Ein Zeichen für Leben und Tod, bestimmt für uns.“ Dann ließ er das Blatt fallen und erklärte: „Neun Monate ernährte der Baum das Blatt: jetzt ernährt es doppelt so lange den Baum.“

Wie die Natur so ist auch der Mensch ein geheimer Botschafter der geschaffenen Welt.

Wenn du keine **Fragen** hast,
bekommst du keine Antworten,
nicht einmal vom Heiligen Geist.
Der **Glaube** lebt und wächst
mit deinen Fragen.

Sonne über Gerechte

Gott hat den Menschen als Mann und Frau geschaffen, weil er ihre Geschichten liebt.

Zwei Brüder hatten von ihrem Vater je einen Acker geerbt, den sie auf beiden Seiten bearbeiteten. Der eine von ihnen war ledig geblieben, der andere war verheiratet und hatte zwei Kinder. Sie hatten Weizen angebaut. Als die Zeit der Ernte gekommen war, machten sie sich gemeinsam an die Arbeit. Sie bündelten das Getreide und stellten die Garben auf ihren Acker. Noch in der gleichen Nacht brachte der Ledige drei von seinen Garben auf den Acker seines Bruders. Er sagte sich: „Mein Bruder hat eine Familie mit drei Kindern und braucht zum Leben weit mehr als ich." Schon vor Sonnenaufgang kam der Verheiratete zu seinem Acker. Er nahm drei Garben und trug sie auf den Acker des Bruders, weil er sich dachte: „Er ist alleinstehend; ihm fehlt die Unterstützung einer eigenen Famile und er soll deswegen mehr haben als ich." Inzwischen strahlte die Sonne bis zum Abend über zwei Gerechte.

Die Weisheit eines Menschen zeigt sich in seinen Worten, die Größe seines Herzens in seinen Taten.

Friede statt Krieg

Der Krieg entsteht im Kopf
und zeigt sich dann in den Händen.

Ein malender Ingenieur sollte eine zu erbauende Brücke als militärischen Übergang zeichnen, die in die Landschaft passe. Sein Entwurf zeigte eine Brücke, die in zwei kleinen und einem großen Bogen den Fluss überspannte. Auf der Brücke waren zwei Kinder zu sehen, die spielerisch Steine ins Wasser warfen. Der Kommandeur sagte beim Anschauen des Bildes: „Weg mit den Kindern! Die Brücke soll ein militärisches Objekt sein, denn sie dient auch als Vorbereitung auf den drohenden Krieg."
Auf dem zweiten Entwurf war die Brücke zu sehen, jedoch am Beginn des ersten Bogens auch zwei Grabsteine, auf die jeweils der Kopf eines Kindes gezeichnet war. Wütend fragte der Kommandeur: „Was sollen denn die Gräber?" Darauf der Maler: „Wenn endlich Frieden sein wird, zeichne ich statt der Gräber einen Spielplatz."

Ohne Versöhnung wird nicht nur ein Menschenleben von Groll und Rachegedanken beherrscht.

Einer schon ist sinnvoll

Die leisen Tugenden sind in vielen Menschen verborgen:
Ehrgefühl, Mitgefühl, Anteilnahme.

Der Sturm der vergangenen Nacht, der über dem Meer tobte, hatte sehr viele Seesterne ans Ufer gespült. Ein junger Mann hob einige Sterne auf und warf sie im hohen Bogen zurück ins Meer. Ein Badegast, der dies sah, wollte wissen, warum er das tue. Darauf der junge Mann: „Wenn die Seesterne hier liegen bleiben, werden sie im Licht der heißen Sonne sterben müssen." Der Badegast erwiderte: „Der Strand hier ist sehr lang, und es liegen Hunderte, wenn nicht gar Tausende Seesterne am Ufer. Was Sie da tun, ist einfach völlig sinnlos." Der junge Mann hob einen weiteren Seestern vom Sand auf, warf ihn in die Wellen des nahen Meeres und sagte: „Wenigstens für diesen einen ist es sinnvoll!"

Jedes Tun hat seine Wirkung
und ist weit besser als gefaltete Hände.

Freude über Freude

Die Natur um uns trägt in sich die Botschaft
von Schönheit und Zuversicht.
Menschen sind dafür die Boten.

Viele Bergsteiger und Wanderer waren zur Hütte gekommen, um die Rast auf den Plätzen vor dem Haus mit Trinken und Essen zu genießen. Einige Bergdohlen nutzten die gute Gelegenheit und folgten ihnen zu den Tischen. Bereitwillig, auch erfreut, teilten die Gäste Reste mit den Vögeln, die sich bald davonmachten und ihre weiten Kreise über dem Gelände zogen. Da sagte die Bergführerin zur ihren Begleitern: „Seht ihr, wie die Dohlen im leichten Wind fliegen und sich ihres Lebens freuen?“ Einer widersprach und fragte: „Wie kannst du wissen, dass diese Vögel im Flug über uns ihre Freude zeigen?“ – „Ganz einfach“, sagte sie, „ich erlebe die Freude dieser Dohlen, die uns ganz nahe gekommen sind, an meiner Freude über sie und ihrer Leichtigkeit. Freude teilt sich immer mit und wird deswegen nicht geringer, eher mehr.“

Das geheime Einverständnis von Sonne, Wolken, Wind und Regen birgt immer Überraschungen, so oft wir sie auch erleben.

Ziehen und loslassen

Auch die Winterreisen der Seele führen zu einer verborgenen Tür, die uns ein Frühlingsfeld eröffnet.

Auf der Such nach dem Sinn des Lebens war der junge Mann Mönch geworden. Doch schon bald war er sehr unzufrieden. Für ihn blieb zu vieles an der Oberfläche. Er klagte dem Vater Abt, dass er noch unruhiger geworden sei, als er vorher gewesen war. Der gab ihm eine Antwort, die ihn ebenfalls nicht befriedigte: „Jeder Mensch muss sein Kloster in sich selbst bauen, sonst wird er sich weder zuhause noch geborgen fühlen." Der junge Mönch blieb ratlos. Eines Tages nahm ihn der Abt an der Hand und führte ihn zum Glockenturm des Klosters. Er gab ihm dort ein Seil in die Hand und ermunterte ihn, es mit dem Läuten zu versuchen, es gelte ohnedies, durch dieses Zeichen zur Besinnung aufzufordern. Der junge Mönch zog kräftig am Seil, heftig und immer wieder stärker, brachte aber bestenfalls ein Gebimmel zustande. Der Vorsteher des Klosters nahm ihm das Seil aus der Hand, zog daran und ließ es los. Das tat er wieder und wieder. Und schon ertönte ein harmonisches Geläute. Dann sagte er: „Du hast es deutlich gehört, das sind die Regeln für ein spirituelles Leben: ziehen und loslassen, anspannen und ausspannen." Der junge Mensch blieb im Kloster, war zufrieden und wurde glücklich.

Der erste Schlag des Bildhauers verändert alles.
Nichts ist so, wie es vorher war.

Weisheiten für das Leben

Wir kommen mit uns nie an ein Ende.
Es gibt auch die andere Seite des Tages,
zu der wir nachts im Traum gehen können.

Ein Mann, den sie allgemein den Weisen nannten, hatte zum spirituellen Austausch in den Saal eines Gasthofes eingeladen. Der große Raum war bis auf den letzten Platz gefüllt, einige mussten sogar stehen. Ohne große Einleitung begann der Weise: „Drei Dinge machen den vollkommenen Menschen aus, allesamt Geschenke Gottes: eine fruchtbare Begabung, eine tiefe Erkenntnis, ein erhabener Geschmack." Er fügte hinzu: „Die meisten hier werden es erfahren haben: Mit zwanzig Jahren meint man, alles besser zu wissen. Mit dreißig Jahren überwiegt die Zurückhaltung, die sagt: Weisheit ist besser als Wissen. Ist einer bereits vierzig geworden, sagt er sich: Jetzt ist es aber genug. Im Alter von fünfzig Jahren stellt man fest: Da fehlt doch noch etwas." Aus der Runde meldete sich einer und sagte: „Was Sie hier vorgetragen haben, wussten wir schon, ohne dass wir uns deswegen weise nennen." Ein Augenblick herrschte Stille, dann sagte der Weise nachdrücklich: „Sie müssen alles mit Liebe füllen, dann werden Sie das mühsam gewonnene Glück dreifach genießen können."

Wenn wir in uns hinabsteigen, entdecken wir,
dass wir genau das besitzen, was wir begehren.

Mehr als alles

Unsere Gedanken sind Pilger,
die am weitesten reisen und am Ende alles wissen.

Der Pfarrer hatte einen Stuhl an das Bett des Todkranken gerückt. In seinen letzten Stunden wolle er ihn, wie er es nannte, mit Gott versöhnen. Deswegen forderte er ihn auf: „Bekennen Sie jetzt Sünden und Schuld, damit ich Ihnen im Namen Gottes vergeben kann." Dem Mann in seinem Bett konnte man Ärger, wenn nicht gar Wut ansehen, denn in ihm tauchte alles auf, was die Pfarrer ihm zeit seines Lebens, besonders in der Jugend, an schweren Sünden und Schuld eingeredet und jeweils zu Bekenntnis, Reue und Besserung geradezu gezwungen hatten. Die Befriedigung, die Freude und das kleine Glück wurden ihm damals verweigert. Also schwieg er. Der Pfarrer gab nicht nach, drängte und bedrängte den Mann, der bald sterben müsse, und sagte: „Bei allem, was wir wissen, werden Sie Fegefeuer und Hölle erwarten, der Himmel aber verschlossen bleiben, wenn Sie sich nicht bekehren." Der Sterbende richtete sich mühsam auf und sagte: „Bald werde ich viel mehr wissen als Sie!" Er atmete noch einmal tief und starb.

Unsere allerletzte Heimatadresse: anderswo und für alle Ewigkeit.
Heimat sagt: Geborgenheit.

Die Zeit totschlagen

Ein Felsen hat kein Zeitgefühl,
aber die Geduld der Ewigkeit.

Ein Arzt sah auf seinem Spaziergang am Waldrand einen Mann auf einer Bank sitzen. Er schlug mit seinen Händen nach rechts und links auf das Holz. Der Arzt ging auf ihn zu und fragte, was er da mache. „Ich schlage die Zeit tot, die auf beiden Seiten neben mir sitzt." Der Arzt nahm die Hände des Mannes und versuchte, ihn zu beruhigen: „Alles hat seine Zeit", zitierte er einen alten Weisheitslehrer und zählte dazu eine Fülle von Erfahrungen und Ereignissen auf, die für das Leben wichtig sind. „Wer die Zeit totschlägt, bringt sich um sein Leben. Sehen wir jetzt gemeinsam die Natur an, die uns umgibt, den Wald hinter uns, die Blumen auf der Wiese, den Himmel über uns. Ruhig ziehen da oben die Wolken dahin. Machen wir es wie sie, nehmen wir uns leicht." Zu diesen Hinweisen fügte der Arzt nach einiger Zeit der Betrachtung hinzu: „Zwei Dinge werden schnell mit dem Leben fertig und machen die Zeit so lästig und schwer: Leichtsinn und Schwermut." Der Mann auf der Bank ließ die Hände des Arztes los und sagte: „Danke! Jetzt brauche ich diese Bank nicht mehr. Mein Weg nach Hause ist weit genug, da brauche ich viel Zeit."

Wenn nichts mehr zu tun oder zu lassen ist,
kommt das große Schweigen, auf das man hören sollte.

Erleuchtung

Wer nicht einfach denken will, scheitert bei seinem Handeln.
Wer nicht handeln will zur rechten Zeit, scheitert einfach.

Auf einer Hochebene im Gebirge, so wurde erzählt, habe ein Meister göttlicher Erleuchtung seinen Platz gefunden. Hier erfahre er die wesentlichen Erkenntnisse für das Leben. Er sei bereit, sie weiterzugeben. Ein Mensch aus der nahen Stadt, der auf der Suche nach dem Sinn seines Lebens war, fand nach Stunden des Aufstiegs den Weisen an einen Felsen gelehnt. Der Suchende fühlte sich genötigt, sich vor dem Weisen auf den Knien niederzulassen. „Was willst du?", fragte der Weise sichtlich verwundert. „Ich will wie Sie die Erleuchtung finden." Ohne ein Wort hob der Weise einen größeren Stein vom Boden auf und rieb ihn am Felsbrocken hinter ihm. „Was soll das denn jetzt?", fragte der Mann aus der Stadt. „Ich werde einen Spiegel schleifen, damit du dich sehen kannst." – „Nie und nimmer wird das gelingen, so sehr und so lange Sie auch reiben", lachte der Suchende. „Und nie kommt die Erleuchtung durch dein Wollen und deine Anstrengung", so der Weise. „Die Erleuchtung ist ein unverdientes Geschenk. Von wem? Dreimal dürfen Sie raten."

Ein Mensch ist dann reif geworden,
wenn er zur Ernsthaftigkeit gefunden hat,
die ihn wie in einem Spiegel als spielendes Kind zeigt.

Menschenwert

Der Wert eines Menschen wird nicht nur daran gemessen, was er tut, sondern auch, was er zulässt.

Der Ministerpräsident wollte wissen, was die einfachen Leute über ihn sagen. Er ging auf den Gehwegen der Stadt an den Straßen entlang. Ein Einkaufswagen des nahen Supermarktes versperrte ihm den Weg, den nahm er in die Hand. Im gleichen Augenblick kam eine Frau, sie deutete auf den Handgriff des Wagens mit dem kleinen Kästchen für das Wagenpfand und sagte: „Herr Präsident, jetzt weiß ich endlich, was Sie wert sind: Ein Euro!"

Wer die Liebe gelebt hat,
ist auf eine Wertschätzung nicht angewiesen.

Dein spirituelles **Leben**

besteht nicht im: Du darfst nicht!

Sondern:

In **Gottes Namen**, ich kann!

Wünsche frei

Geheimnisse sind noch keine Wunder,
ihre Aufdeckung macht so vieles wunderbar.

Den Menschen in der kleinen Kneipe war ein älterer Herr aufgefallen. Er kam jeden Tag zur gleichen Stunde, trank gemütlich ein oder zwei Bierchen und ging froh gestimmt wieder. Eines Tages fragten sie ihn, warum er immer so ausgeglichen und fröhlich sei. Als Antwort erzählte er seine Geschichte: „Vor vielen Jahren saß ich hier an der Theke. Plötzlich saß ein Männchen neben mir auf dem Hocker und sagte: ‚Du hast Glück. Du hast drei Wünsche frei.' – ‚Zum Teufel mit dir', antwortete ich verärgert, und schon war das Männchen verschwunden. Ich machte mir Sorge, ob sich etwa mein erster Wunsch tatsächlich erfüllt hatte. Also sagte ich: ‚Zurück an die Theke!' Und schon saß das Männchen wieder neben mir, allerdings mit einem vorwurfsvollem Blick und leicht versengten Barthaaren." – „Und dein dritter Wunsch?", fragten die Kneipengäste, die jetzt so richtig neugierig geworden waren. „Den dritten Wunsch habe ich mir bis heute aufgehoben", sagte er, trank sein Bier aus und ging vergnügt nach Hause.

Es gibt kein Wunder für den, der sich nicht wundern kann.
Deswegen heißt es: Der wird sich noch wundern.

Einst

Wem die Zeit wird zur Ewigkeit,
ist von Sorgen und all seinem Leid für immer befreit.

Im Krankenhaus versuchte ein Pfleger, einen Sterbenden zu trösten. Er redete viel und ließ ihn nicht zu Wort kommen. Weil er gehen wollte, sagte er zum Schluss: „Einst werden wir alle sterben." Der Patient richtete sich mühsam auf, atmete schwer und sagte: „So ein Quatsch, heute ist erst Mittwoch."

Wir verlieren das Leben und die meiste Zeit,
wenn wir nichts anderes als Zeit gewinnen wollen.

VII

Geduld

Ziehe von deinem Leid und Unglück zuerst deine eigene Schuld ab; was dann noch übrig bleibt, ertrage in Geduld.

Ein Pfarrer machte bei einer älteren Frau einen Haubesuch und unterhielt sich mit ihr. Er berichtete vom Leben der Gemeinde und klagte, dass er sehr viel zu tun habe und er sich fragen müsse, wie das weitergehen solle. Die Frau unterbrach ihn, indem sie sagte: „Ich kann Tag für Tag beten, um was auch immer, es wird mir nicht erfüllt. Was kann ich denn tun?“ Darauf der Pfarrer: „Beten Sie um Geduld!“

Geduld ist wie ein Baum, seine Wurzeln wachsen tief, doch seine Früchte sind angenehm und süß.

Armut

Das Schicksal nimmt dir nichts,
was du nicht gegeben hast.

Ein junger Mönch, erst einige Tage im Kloster, zeigte dem Abt, wie es vorgeschrieben war, eine wertvolle Uhr, die ihm von Verwandten geschenkt worden war und auf die er besonders stolz war. Doch der Abt sagte: „Sie haben erst vor wenigen Tagen das Gelübde der Armut abgelegt. Geben Sie mir die Uhr." Nicht gerade erfreut reichte der Mönch ihm die Uhr und ging in seine Zelle zurück. Dort lag auf einem Tischchen die Uhr des Abtes.

Wem etwas Überflüssiges genommen wird,
der ist frei.

Dieb

Jede Gier macht den Menschen zum gefährlichen Affen.

Ein Mann war im ganzen Dorf als Dieb bekannt, weil er sich bei günstiger Gelegenheit an den Sachen seiner Nachbarn bediente. Wenn er dabei ertappt wurde, hatte er allerlei Ausreden. Der Pfarrer beobachtete ihn, wie er sich im Gemeindegarten über die Kirschen hermachte. Dem Dieb rief er zu: „Wenn Sie so weitermachen wie bisher, werden wir beide uns im Himmel nicht wiedersehen." Der Dieb darauf, spontan und unverschämt: „Mein Gott! Was haben Sie denn verbrochen?"

Unsere Reise in eine ewige, unsichtbare Welt
wird durch jede Gier behindert.

Ein Gleichnis

Das Gleichnis überliefert die Erfahrungen von Generationen.

Zwei Wanderer beteten, bevor sie sich auf den weiten Weg durch die Wüste des Lebens machten. Der eine betete um Geld für seine lange Reise, der andere um Wasser. Beschwerlich war in all den Jahren ihre Wanderung durch Hitze und Kälte, durch Sand und Gebirge. Unterwegs brach der eine zusammen und krallte sich mit letzter Kraft in den trockenen Boden, als hätte er den lebensrettenden Schatz gefunden. Der andere fand zum Grün einer Oase, denn der Krug Wasser im Herzen hatte ihn alle Anstrengungen und Entbehrungen überstehen lassen. Im Wohlergehen sagte er zu sich:

„In uns selbst tragen wir den Platz, an dem wir Gott begegnen. Niemand darf uns diesen Platz nehmen, denn Gott muss verfügbar sein wie Wasser."

Leben ist Begegnung

Die Begegnung macht das Ich zum Du – was für ein Geschenk!

Eine Palme stand am Rand der Oase. Mit den Jahren war sie ein mächtiger Baum geworden mit einer gewaltigen Krone. Ihre Wurzeln hatte sie tief in den Sand gegraben, bis sie genügend Wasser fanden. Aber der Baum blieb unfruchtbar, an die hundert Jahre schon. Da beugte die Palme ihr stolzes Haupt und betete zum Allmächtigen. Der göttliche Erbarmer sandte den heißen Südwind. Über tausend Meilen trug er zusammen mit Sand auch Blütenstaub in die Oase. Dort vollzog sich im milden Abend die Begegnung der Liebenden, die niemand für möglich gehalten hätte. Aus dieser Begegnung entstand Leben. Wie auf einer wertvollen Perlenschnur aufgereiht, schmückten Kaskaden von Datteln das Haupt der Palme.

Ohne Begegnung bleibt auch der Mensch unfruchtbar,
wo sie verschenkt wird, wächst und reift das Leben.

Hoffnung hat Sinn

Der allerschönste Besitz ist die hoffnungsvolle Erwartung des Glücks.

„Wozu soll die Hoffnung gut sein?“, fragte die alte Frau den Meister. Er wiegte seinen Kopf hin und her, antworte aber nicht. Die Alte drängte daher weiter in ihn. Dann kam seine Antwort: „Der Mensch kommt aus dem Nichts und geht in das Nichts. Wenn es die Hoffnung nicht gäbe, wäre das Leben dazwischen ohne Bedeutung.“ Die Frau runzelte die Stirn; sie verstand nicht. Dann ergänzte der Weise: „Die Hoffnung sagt, dass wir von Gott kommen und einst bei ihm aufgehoben sein werden. Diese Botschaft hält die Hoffnung ein Leben lang wach.“

Selbst wenn die Hoffnung stirbt,
die Sehnsucht nach Gott stirbt nie.

Das Wasser des Lebens

Jeder Überfluss kann den Verstand, sogar das Herz blind machen.

Ein Urenkel, schon halbwegs erwachsen, verließ seinen Großvater, der ihn betreute, denn seine Sehnsucht nach eigenem Leben war in ihm mächtig geworden. Er machte sich auf, um den Schatz seines Lebens zu finden. Er hatte den Plan vor Augen und in seinem Herzen, so wie er ihm durch die Generationen weitergegeben war. Aber schon in der Mitte seines Lebens war er nach langen Irrfahrten und Enttäuschungen endlich, wie er meinte, angekommen. Hier in der Senke zwischen den zwei Bergen musste der Schatz verborgen sein. Mit bloßen Händen begann er zu graben, argwöhnisch beobachtet von seinen Neidern, die ihn bis hierher verfolgt hatten. Er grub, bis ihm die Hände bluteten, und fand eine Quelle. Höhnisch lachend zogen die Verfolger ab. Doch der Reifgewordene kühlte seine heiße Stirne mit dem frischen Wasser.

Unsere Sinne sind wunderschöne Geschenke Gottes,
wie heilendes Wasser, das unseren Lebensspeicher füllt.

Erinnerung

*Manche guten Erinnerungen geben die Kraft,
eine schlimme Gegenwart zu bestehen.*

Nach langem Bemühen fand eine Frau den Rand des Paradieses. Aber die hohen Mauern des ewigen Gartens erwiesen sich als unüberwindbar. Deswegen fing sie an, mit ihren bloßen Händen das Fundament der Mauer freizulegen.
Da stand ein Engel hinter ihr und sagte: „Halt ein! Es nützt dir nichts, im Gestern zu graben. Das Leben ist nicht die ständige Fortsetzung der Vergangenheit. Das Leben schafft sich täglich neu, bis es im ewigen Leben aufgeht. Die Vergangenheit ist tot. Nur die Erinnerung macht lebendig und wird einst die Türe zur Ewigkeit öffnen."

Ohne Erinnerung stirbt die Vision von einem neuen Weg.